"Ai nostri nonni che ci hanno insegnato a vivere e a sognare".

Testi
Mariella Groppi
Antonella Sabatini

Illustrazioni
Eleonora Puggioninu

Progetto
Moroni Editore

Grafica e Impaginazione
Roberta Nelli

Moroni Editore
Via Monte Pertica 14/a
58100 Grosseto GR
Tel. 0564.453073

www.moronieditore.it
info@moronieditore.it

Tutti i diritti riservati vietata ogni riproduzione
© Moroni Editore
**Finito di stampare nel mese di Maggio 2015
Stampato in Italia**

INDICE

7	**Prefazione**
11	**Premessa**
14	**Nostalgia**
16	**La chioccia va a Maremma**
22	**Proverbi sulle galline**
24	**I du' gobbbi**
28	**La cenerata**
30	**Il cecio**
34	**La penna dell'uccello grifone**
38	**Il merlo grifone**
40	**Il coltrone**
42	**La coperta dai campanelli d'oro**
46	**Tredicino**
48	**Nonno Dino**
50	**La novella del noce**
54	**La volpe e il galletto**
58	**Mozzichi, graffichi e bezzicate**
64	**Il crostino di cavolo**
66	**Petuzzo**
70	**La capra Marigolla**
74	**Nostalgia di nonno Dino**
76	**Cecchino e la fava**
82	**Spaccaferro, Spaccabronzo...**
96	**La volpe furba**
98	**Il testamento**
100	**La spartizione della volpe**
102	**L'erba miracolosa**
104	**Il ragazzo che diventò mago**
108	**Filastrocche e cantilene**

PREFAZIONE

Il titolo di questo libro di *Mariella Groppi* e *Antonella Sabatini* potrebbe in qualche modo trarre in inganno il lettore e perciò mi preme chiarire subito che queste "novelle" novelle non lo sono nel senso di una creazione letteraria assolutamente autonoma, ma lo sono in pieno diritto se ci si rifà al significato primigenio del termine, vale a dire quello di una prosa che direttamente si richiama alla dimensione orale del narrare.

Le "Novelle fatte a mano" sono una raccolta di fiabe, di raccontini, di modi di dire, di proverbi che rappresentano una sorta di quintessenza della cultura popolare contadina dei luoghi dove le autrici vivono e operano, cultura destinata a scomparire sotto i colpi di maglio dell'omologazione globale.

Il valore della loro raccolta è dunque quello della conservazione della memoria, direi meglio della testimonianza a futura memoria, se la memoria avrà ancora un futuro.

Le autrici non si sono volontariamente poste alcun problema scientifico sul metodo di ricerca: le fonti sono state i ricordi della loro fanciullezza e i racconti degli anziani. Il risultato è che questo libro, non appesantito da seriose pretese demo

psicologiche, è di una agevole, sorridente e divertente lettura. E quando le due autrici cedono a un minimo d'interesse comparativo, non fanno altro che proporre di seguito le due o più varianti di una stessa fiaba senza indugiare sul perché e il percome di quelle varianti. Così facendo, esse demandano il compito allo studioso di simili questioni: loro si limitano alla narrazione, alla felicità, alla scioltezza del racconto.
E c'è un particolare aspetto di questo libro che infine mi piace sottolineare: il suo linguaggio.
Ci sono autori di fiabe, come Basile o Perrault, che fanno proprie, adattandole nella loro specifica scrittura, fiabe d'origine popolare o altri autori che se l'inventano di sana pianta. Questi, nel caso specifico, non ci interessano.
Nel caso specifico ci interessano i fratelli Grimm che hanno saputo conservare fedelmente "il dettato popolare". E questo è possibile solo attraverso la restituzione dell'oralità attraverso la scrittura. Faccio un esempio. Cinque anni prima che il siciliano Giuseppe Pitrè pubblicasse il corpus delle sue "Fiabe, novelle e racconti", una messinese di famiglia svizzero-tedesca, *Laura Gozenbach*, fa stampare a Lipsia, e in lingua tedesca, una voluminosa raccolta di fiabe siciliane. A leggere oggi, in traduzione italiana, le fiabe della *Gozenbach*, una vera pioniera, si prova una curiosa impressione, come quella di assaggiare un piatto splen-

didamente cucinato, ma privo di sale. Il sale è il dialetto. Quel dialetto che appunto si ritrova in *Giuseppe Pitrè*, in *Serafino Amabile Guastella*, in *Giuseppe Cocchiara*. Benissimo hanno fatto dunque le due autrici a non volgere in italiano scolastico queste "novelle": hanno giustamente preferito riconsegnarcele fedelmente nella parlata originale. Parlata che è appunto il pimento che dà gusto alla pietanza.

ANDREA CAMILLERI

La chioccia va a Maremma
Mozzichi graffichi da fava
I du' gobbi
TREDICINO
IL COLTRONE La volpe e il gallo
La cenerata I du' gobbi
Il Cencio Filastrocche Il Cencio
Cantilene
Mozzichi, graffichi e bezzicate
La penna dell'uccello grifone
Il Spaccaferro PETRUZZO La fava
Il merlo grifone IL COLTRONE
NONNO DINO Petruzzo
Il coltrone I du' gobbi
Tredicino Il crostino di cavolo
I DU' GOBBI La capra Mariya
Nonno Dino IL CROSTINO DI CAVOLO
TREDICINO
La novella del noce

PREMESSA

Questa raccolta di novelle è l'inizio di un viaggio in paesi lontani, in un tempo senza tempo, in cui reale e fantastico si intrecciano.
È un viaggio che non delude, costellato di sorprese e pericoli, di incontri piacevoli e indesiderati. Un ponte gettato dall'età adulta verso l'infanzia, un'infanzia ricordata proprio attraverso queste novelle, dove i pensieri e i sogni volano con la stessa rapidità degli stivali dalle sette leghe, i boschi sussurrano con le voci degli orchi e delle fate, le piante arrivano, avviluppandosi fra le nuvole, fino al cielo. Il mondo delle novelle non esiste, ma appunto per questo, è più bello.
È un mondo dove si va soltanto a cavallo di quel drago alato che si chiama Fantasia; un mondo di colori, di città meravigliose, di cose impossibili. Le novelle ci ricordano: i nonni, il crepitio del fuoco, le lunghe veglie d'inverno, la nostra fanciullezza.
Ricercare queste magie è stata un'avventura percorsa col cuore in gola, sussultando ad ogni minimo rumore o scricchiolio, proprio come quando eravamo bambine, meravigliandosi delle mille risorse che possono avere gli uomini per vincere imprese impossibili e nemici invincibili.

Un colpo di bacchetta magica e nasceva una città, si innalzava una montagna, si apriva un precipizio, appariva un mostro o un cavaliere. Nelle lunghe serate d'inverno, in un passato che sembra tanto lontano, le famiglie si riunivano intorno al focolare, insieme a parenti e vicini di casa.
C'era infatti la tradizione di andare a veglia, oggi quasi del tutto scomparsa. Tradizione dei tempi passati in cui non esisteva la televisione e gli svaghi erano veramente pochi. Si mettevano intorno al focolare ad assaporare il dolce tepore di un fuoco che davanti ti scaldava e dietro sentivi, invece, lo spiffero della porta che non chiudeva bene. Le pareti della stanza erano scure, affumicate, perché quando tirava il traversone non c'era verso di far prendere il fuoco e il fumo rientrava dalla cappa ed anneriva i poveri muri...
Ed era allora che i nonni, attorniati da bambini e adulti, cominciavano a raccontare novelle di principi e principesse, draghi e maghi, bambini piccini picciò che entravano in un buchino del muro, giovani coraggiosi che si perdevano nella notte buia e vedevano un lumicino lontano lontano, simbolo di luce e di salvezza.
Tutti, rapiti, stavano ad ascoltare, mentre fuori si sentiva il sibilo del vento o i colpi alla porta battuti da chissà quale viandante sperduto o dalla terribile capra ferrata con la lingua arrotata.

NOSTALGIA

Nostalgia di una piccola bambola,
scapigliata, sporca di terra e di cioccolata.
Profumo di talco sulla pelle
e mia madre che mi raccontava novelle.
Minestre lasciate lì fredde,
per dispetto.
Scarpe bagnate posate in silenzio
ai piedi del letto.
Nostalgia di giochi senza fine,
di corse e di cadute,
di un vecchio amico che mi parlava
del Paese dei Balocchi.
Sere passate accanto al fuoco
a disegnare stupide immagini.
Pianti soffocati nella felicità dell'infanzia,
in silenzio,
senza una parola.

Mariella Groppi

LA CHIOCCIA VA A MAREMMA

C'erano due contadini che avevano un branco di galline. Tutte le mattine andavano a governarle, ma ce n'era una che non faceva mai le uova. Allora i padroni cominciarono a dire: - Ma questa gallina non fa più le uova, bisogna levarla, che si tiene a fare, solo per mangiare?
La gallina era lì nell'aia e ascoltava, allora pensò: "Meglio che scappi, andrò a Maremma!"
Infatti la mattina presto, prese e partì. Cammina cammina, incontrò un gatto che le fece:
- Stamani non ho mangiato niente, ora sei venuta e mangerò te!
Allora la gallina gli rispose:
- Oh, cosa vuoi mangiare, non vedi che sono malata, i padroni non mi volevano ammazzare perché ero magra strinita, allora sono scappata.
Se hai tempo, aspetta, ripasserò, allora sarò un po' più in carne e mi mangerai.
- Va bene.
Continuò il viaggio e incontrò una volpe. La volpe le si avvicinò e le disse:
- Oh, stamani c'è proprio da sfamarsi bene!
Allora la gallina le fece: - Se ti accontenti di mangiare le ossa e la pelle che ho, altrimenti se non hai furia, quando ripasserò sarò più polpacciuta e mi mangerai!
- Va bene! - e la lasciò. Cammina cammina incontrò un lupo, questo lupo le disse:

- Stamani sì, che si fa una bella mangiata!
Disse la gallina: - Con me mangi poco, perché sono malata, proprio malata, vado a curarmi e poi ripasso! Allora anche il lupo la lasciò. Era ormai stanca, priva di forze perché non aveva trovato niente da mangiare. Arrivò in Maremma, vicino vedeva il mare, si mise un po' a raspare di qua e di là, trovò tanta erbetta e fece una bella mangiata. Poi trovò tante belle lumachine e ancora erba e erba. Scese la notte e trovò un capanno per ripararsi. La mattina andava a raspare e trovava tanto buon cibo. Così passarono i giorni. La gallina si era rimessa e un bel giorno cominciò a fare le uova. Ne fece parecchie, dodici, e brava brava si mise a covarle. Alla fine dei giorni, nacquero i pulcini. I pulcini diventarono grandi e belli, perché avevano da mangiare ed erano contenti con la loro mamma.
Un giorno la chioccia disse: - È arrivato il momento di tornare su, in montagna, dai miei padroni, domattina ci sveglieremo presto e partiremo!
C'era un campo di granturco e fece prendere ad ognuno una pannocchia, come scorta di cibo.
- Reggetela bene, perché se la perdete non mangiate nulla per tutto il viaggio!
Ma il più piccolo la perse subito.
- Va bene, non ti preoccupare, lungo la strada te ne daremo un pochino noi, per farti campare!
Crocò - crocò - crocò - piopiò - piopiò - piopiò.
Cammina cammina incontrarono il lupo: - Oh, ma tu sei la gallina che sei passata parecchio tempo fa.
- Sono proprio quella!
- E questi chi sono?

- Sono i miei figlioli.
- E che hanno in bocca?
- Hanno tutti code di lupo.
- E quello lì piccino che non ce l'ha?
- Quello lì, aspetta la tua!
Il lupo se la diede a gambe.
Crocò - crocò - crocò - piopiò - piopiò - piopiò.
Loro ripresero la via, incontrarono la volpe e quella tutta contenta disse: - Ma tu sei proprio quella gallina che è passata un po' di tempo fa, è valsa la pena di aspettare! Vi mangerò uno per uno.
Poi, guardando i pulcini: - Ma che c'hanno in bocca?
Rispose la gallina: - Tutte code di volpe!
- E quello piccino che non ce l'ha?
- Quello lì, vuole la tua!
La volpe scappò a cento all'ora e non si rivide.
Crocò - crocò - crocò - piopiò - piopiò - piopiò.
I pulcini cominciavano ad essere stanchi, quando incontrarono il gatto.
- Eh, che bella famiglia, chi sono questi qui?
- Sono i miei pulcini!
- E che hanno in bocca?
- Tutte code di gatto!
- E quello piccolo, perché non ce l'ha?
- Quello lì vuole la tua!
Il gatto scappò come un riveriere.
Crocò - crocò - crocò - piopiò - piopiò - piopiò.
Erano ormai vicini. Quando arrivarono nell'aia, la padrona li vide subito.
- È tornata la gallina che avevamo perso, è tornata con dodici pulcini! - gridò al marito.

- Credevamo fosse morta mille volte, su vai a prendere da mangiare per tutte queste bestioline!
La gallina e i suoi pulcini mangiarono, mangiarono e fecero un bel gozzo.
Crocò - crocò - crocò - piopiò - piopiò - piopiò...

UNA CONTA

LA GALLINA ZOPPA ZOPPA QUANTE PENNE PORTA IN GROPPA E NE PORTA VENTITRÉ, UNO, DUE, TRE

PROVERBI SULLE GALLINE...

LA GALLINA NERA
SI RIDUCE ALLA SERA

GALLINA VECCHIA
FA BUON BRODO

CHI DI GALLINA NASCE,
IN TERRA RUSPA

LA GALLINA CHE CANTA
HA FATTO L'OVO

SEI UNA CHIOCCIA,
SI DICE AD UNA
PERSONA LENTA

MEGLIO UN OVO
OGGI CHE UNA
GALLINA DOMANI

NON C'È GALLINA O
GALLINACCIA CHE
A GENNAIO UOVA
NON FACCIA

HAI IL CERVELLO COME UNA GALLINA

ALLA GALLINA INGORDA, CREPA IL GOZZO

NON CERCARE IL PELO NELL'OVO

OGNI GALLINA RUSPA PER SÉ

CON TANTI GALLI A CANTA' NON SI FA MAI GIORNO

IN CASA NON C'È PACE, QUANDO GALLINA CANTA E GALLO TACE

FA PRIMA UNA GALLINA A SPARGE CHE CENTO A AMMONTINÀ

I DU' GOBBI

C'erano du' fratelli gobbi. Uno di questi, il più giovane, disse: - Io vo' a cercar fortuna.
Dunque via, si mise in viaggio. Cammina, cammina, cammina, dal tanto camminare si perse e si trovò in un bosco. La notte era ormai scesa.
- Che devo fare? Se vengono gli assassini, mi trovano... È meglio che salga su quest'albero.
Ad un tratto sentì un rumore: - Oh, Dio mio, eccoli...
Invece degli assassini, vide uscire da una buca tante vecchine, che andavano come in processione e cantavano: - Sabato e domenica... sabato e domenica...
Lui rispose: - E lunedì.
- Oh chi è stato che ha detto questa bella cosa? A noialtre non ci riusciva di dirlo.
E si rimisero a cantare: - Sabato e domenica... sabato, domenica...
Il gobbo dall'albero rispondeva: - E lunedì.
Le vecchine alzarono gli occhi in alto, ma non riuscivano a vedere, alla fine lo scoprirono. Lui tutto pieno di paura, cominciò a dire: - Oh, per carità, non m'ammazzate; io credevo di non far niente di male, e mi è scappato detto "lunedì"!
- No, anzi, scendi; chiedi qualunque grazia e noi te la faremo.
Il gobbo scese dall'albero dicendo: - Io non ho niente da chiedere, sono un pover'uomo; chiederei solo che mi fosse levata questa gobba, perché tutti i ragazzi

mi canzonano!
- Così sarà fatto!
Gli pigliarono la gobba e l'attaccarono all'albero. Tutto contento tornò al suo paese, nessuno lo riconosceva, nemmeno il su' fratello.
- Ma non sei te, che t'è accaduto?
- Sono io, lo vedi come sono bello?!
- Come hai fatto?
- Sta' a sentire...
E gli raccontò com'erano andati i fatti.
- Oh, ci voglio andare anch'io!
E si mise in viaggio. Fu così che arrivò in quel bosco e salì su quell'albero. Alla medesima ora, ecco venire fuori le solite vecchine che cantavano: - Sabato, domenica e lunedì...
E lui rispose: - E martedì.
Ma il verso che cantavano le vecchine non tornava più e loro si misero a gridare tutte invelenite:
- Chi è quest'assassino? Non ci torna più il nostro verso, se lo troviamo, lo ammazziamo.
Il povero gobbo cercava di nascondersi tra i rami e le foglie, ma loro lo trovarono lo stesso e gli gridarono:
- Scendi!
- Non voglio scendere, ho paura.
- Scendi, non ti si farà niente. Abbiamo scherzato, non ti vogliamo ammazzare.
Così lui scese. Subito le vecchine andarono a prendere la gobba che avevano levata al primo fratello e l'attaccarono a lui.
- Questo è il castigo per aver rovinato il nostro verso.
Il povero gobbo dovette tornare a casa con due gobbe. E che poteva fare?

Non se le poteva più levare e per quanti sforzi facesse le due gobbe rimanevano lì sulle sue spalle.
"Se l'invidia fosse febbre... quanta gente s'ammalerebbe! Stretta la foglia, larga la via, dite la vostra, che ho detto la mia".

LA CENERATA

La cenerata o rannata ai ceci era un metodo di "mollatura" di ceci secchi. Si prendeva una pentola, ci si mettevano dentro i ceci secchi, si copriva la pentola con un panno di lino o di cotone bianco, vi si metteva sopra della cenere e poi si versava piano piano acqua bollente sulla cenere.
Si tenevano a mollo tutta la notte. L'acqua che filtrava, il ranno, rendeva i ceci teneri e, una volta cotti, molto saporiti.
Si mangiavano con i tagliatini, pasta fatta in casa e tagliata sottilmente, sopra il pane abbrustolito, conditi con olio di oliva o si cucinavano con il baccalà.

IL CECIO

C'era una volta un pover'uomo. Quest'uomo andò in un campo e trovò un cecio, lo mise in un sacco e partì.
Passò dalla casa di un contadino e chiese alla moglie se gli teneva il cecio.
- Sì, mettetelo sulla tavola.
Questa donna aveva un gallo, che visto il cecio, saltò sulla tavola e se lo mangiò. L'uomo tornò e chiese di riprendere il suo cecio. La moglie del contadino gli disse: - Sapete, c'avevo un gallo, me l'ha mangiato.
- Oh, allora mi darete il vostro gallo.
- Ma guardate, per un cece, se voglio darvi il mi'gallo, questa è bella!
Ma l'uomo tanto fece che alla fine glielo levò di sotto. Pigliò il su' gallo e passò da un altro contadino.
- Me lo tenete 'sto gallo?
- Mettetelo giù nella stalla.
Ma nella stalla c'era anche un maiale che con una musata ammazzò il gallo.
Quando l'uomo tornò, trovò il gallo morto.
- Il vostro maiale ha ammazzato il mio gallo. Mi darete il porco.
- Eh, no bellino, che porco e porco!
- Ma sì che io voglio il porco, me lo dovete dare!
E tanto batté, tanto gridò che alla fine ebbe il maiale. Con lui continuò il viaggio. Passò da un'altra casa e chiese se gli tenevano il maiale.

- Mettetelo giù nella stalla.
Ma nella stalla c'era un vitello che, quando vide il maiale, lo ammazzò con una cornata. Quando l'uomo tornò a pigliare il maiale, non lo trovò più.
- Il vostro vitello ha ammazzato il mio maiale, ora mi dovete dare il vitello.
- Il vitello? Ma voi siete proprio matto, guardate se per un maiale, dovrei darvi un vitello!
Ma lui tanto fece e tanto gridò che ebbe il vitello.
Passò da un altro contadino e chiese se gli tenevano il vitello.
- Mettetelo laggiù nella stalla.
Quel contadino aveva una figlia molto malata.
- Mamma, vorrei un pezzetto di ciccina.
- Ma come fo, che non ce l'ho... Ah, sì... Aspetta...
La mamma andò giù nella stalla e tagliò una fettina di carne dal vitello, poi ci mise sopra un po' di calcina. L'uomo tornò, entrò nella stalla e prese il vitello per portarlo via, le dette una frustata e in quel mentre cascò la calcina e l'uomo si accorse dell'inganno. Tornò su dalla donna.
- Ma come, avete tagliata una fettina di carne dal mio vitello!
- Io c'avevo una figlia che era malata e aveva voglia di ciccio e n'ho tagliata una fettina, cosa volete che sia in una vitella intera!
- Allora dovete darmi vostra figlia.
- Come, per una fetta di carne darvi mia figlia, voi siete matto!
- Matto o non matto dovete darmela!
E tanto fece e tanto disse che alla fine la donna

dovette dargli la figlia. La prese, la mise in un sacco e... Via!
Passò dalla casa di un altro contadino e chiese se potevano tenergli il sacco.
- Sì, mettetelo in quel cantone.
Nel sacco c'era un buco e la ragazza riconobbe la casa della zia.
- Zia, zia... Aiutami.
- Chi mi chiama?
Guardò dentro al sacco e vide la su' nipote.
- Che ci fai lì dentro?
- Oh zia, quell'uomo mi ha portato via perché la mamma aveva tagliato una fetta di carne dal suo vitello.
La zia aveva un brutto canaccio, che mordeva tutti quelli che non conosceva, e che fece? Tirò fuori la nipote dal sacco e ci infilò il cane. L'uomo tornò.
- Dov'è il mio sacco?
- È lì, prendetelo.
Lui lo prese e andò via. Cammina cammina e cammìna giunse in un campo e si fermò a riposarsi.
Mentre riposava pensava: - Mi è andata proprio bene, da un cecio ho avuto un gallo, da un gallo un maiale, dal maiale un vitello, da un vitello una città. Vieni su e dammi un bacio - e così dicendo, aprì il sacco.
Ma... il canaccio scappò fori e con un mozzico gli staccò il naso.

LA PENNA DELL'UCCELLO GRIFONE

In una città vivevano due fratelli.
La figlia del re era gravemente malata e per guarirla ci voleva una penna dell'uccello grifone che viveva sulla montagna. Chi fosse riuscito a portare una penna al re e a guarire la principessa, l'avrebbe poi sposata.
I due fratelli andarono dal re e gli chiesero di poter partire per prendere la miracolosa penna.
Il re dette loro un cavallo per uno e partirono.
Ad un certo punto c'erano due strade per la montagna. I due si divisero: il più piccolo andò a destra, l'altro a sinistra. Stabilirono che dopo un certo periodo, si dovevano ritrovare lì, con la penna dell'uccello grifone.
Il più piccolo, strada facendo, incontrò una fata che gli chiese: - Dove vai bel giovane?
- Vado alla ricerca dell'uccello grifone per strappargli una penna e portarla alla figlia del re che è tanto malata.
"Stai molto attento" - gli disse la fata - "l'uccello grifone è molto cattivo, tu guarda di arrivare sulla montagna di notte, così lui dorme e non ti sente".
Il giovane arrivò sulla cima della montagna, il nido dell'uccello grifone era sopra una roccia molto alta.
Lui salì, salì e, siccome l'uccello dormiva, gli staccò una penna e svelto svelto tornò indietro.
Quando arrivò nel posto dell'appuntamento ci trovò il fratello, che messo mano alla spada, lo uccise senza

pietà. Gli prese la penna e lo sotterrò, poi andò dal re e gli dette la penna magica. La principessa guarì e il re, che manteneva le promesse, disse che presto si sarebbero celebrate le nozze. Intanto sulla montagna, nel punto dove era stato sepolto il giovane sfortunato, nacquero delle canne.

Un pastore che passava di lì, ne staccò una, ci fece un fischietto e si mise a suonare. Ma la canzone che veniva fuori diceva: - Pecoraio che in bocca mi tieni, suonami forte, suonami bene, perché senza causa e senza ragione, m'hanno ammazzato per una penna di uccello grifone.

Il pecoraio scese dalla montagna e passò vicino alla reggia, lo sentirono le guardie che lo portarono subito dal re. Il re così scoprì l'inganno e condannò a morte il futuro sposo.

L'altro fratello rimase sotto le canne, sulla montagna, e... c'è ancora.

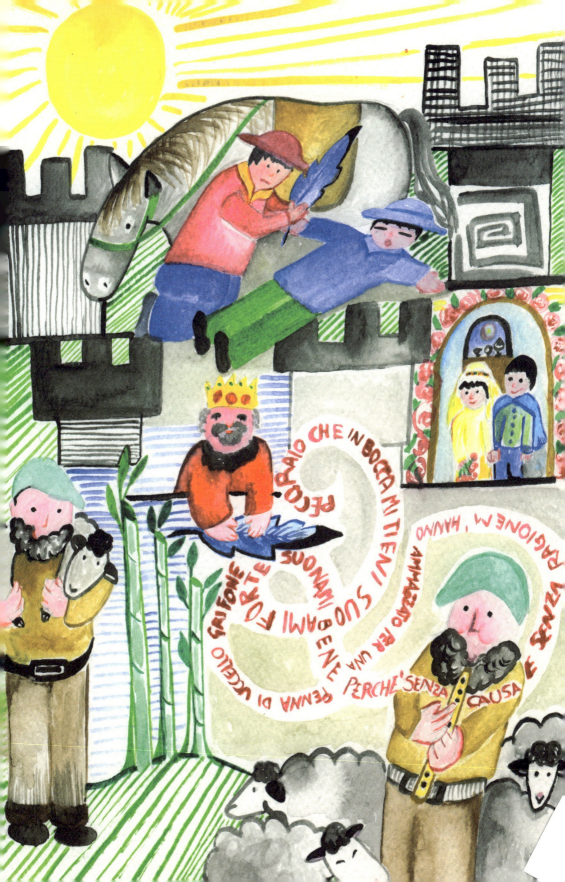

IL MERLO GRIFONE

C'era una volta un vecchio cieco che aveva tre figli. Una fata disse che per guarire il babbo c'era solo una possibilità: la penna del merlo grifone che si trovava dentro una gabbia nel giardino incantato.
- Se si riesce a rubarle la penna magica il cieco tornerà a vedere. Nel giardino tutti ti chiameranno, ma tu non li ascoltare, né ti voltare, altrimenti diventerai una statua. Il primo figlio fallì, anche il secondo e diventarono statue.
Il più piccolo, Giovannino, ci riuscì: prese la penna magica e salvò anche i fratelli.
Per la strada di ritorno loro, però, gelosi di Giovannino decisero di ucciderlo e lo seppellirono. Presero la penna magica, ma il babbo rimase cieco.
Dove Giovannino era seppellito nacque una canna e i fratelli ci fecero un ciufolo.
Quando la suonavano diceva: - Fratellaccio che in bocca mi tieni, mi ammazzasti nel bosco di ieri, senza causa e senza ragione, per la penna del merlo grifone.
Il babbo sentì e si fece portare sul luogo della sepoltura, lo dissotterrò, prese la penna magica e Giovannino tornò in vita.
Al babbo tornò la vista e entrambi perdonarono i figli che erano stati così crudeli.

IL COLTRONE

Quella della novella che segue è una coperta molto speciale, addirittura con i campanelli, degna di un letto di principi o... orchi, proprio come in questo caso. I nonni che la raccontavano, invece, si scaldavano con il coltrone, imbottito di lana di pecora.

La lana era quella dell'ultima tosatura, tenuta in bagno per qualche ora nel ranno, veniva poi risciacquata nell'acqua limpida del fosso o del lavatoio, infine messa a scolare e ad asciugare.

A quel punto la lana veniva carminata, cioè allargata velo per velo e trasformata in bianca nuvola.

Il coltrone veniva fatto da donne che andavano per tutto il paese a domicilio e con pazienza, bravura e gusto, impunturavano con ago e filo non semplici quadrati, ma disegni a rosoni.

I colori erano normalmente rosso scuro da una parte e giallo oro dall'altra.

Veniva fatto anche un piumino da tenere in fondo al letto, copiava in piccolo il disegno del coltrone ed era essenziale per riscaldare i piedi nei lunghi e freddi inverni. Il coltrone era pesante e sembrava di avere sul letto un macigno se si paragona alle coperte leggere di oggi imbottite con piume d'oca.

Anche nelle famiglie più modeste, appena nasceva una figlia femmina era usanza e obbligo prepararle il corredo. La quantità dei capi poteva variare a seconda delle possibilità economiche.

Almeno un completo di lenzuola era ricamato a mano. Il corredo rappresentava la dote per una ragazza. Era composto da lenzuola, federe, asciugamani, tovaglie, fazzoletti da naso, pannolini, camicie da notte.

LA COPERTA DAI CAMPANELLI D'ORO

C'erano una volta tredici fratelli, il più piccolo si chiamava Tredicino.
I suoi genitori erano poveri e non riuscivano a sfamare quella famiglia numerosa. Così Tredicino decise di scappare di casa per andare in cerca di fortuna.
Cammina, cammina e cammìna si trovò di fronte ad un palazzo bellissimo, abitato da un re potentissimo e ricchissimo.
Tredicino chiese lavoro e, siccome avevano bisogno di uno stalliere, lo misero a pulire le stalle. Tredicino faceva il suo dovere e non parlava con nessuno per non perdere tempo.
Gli altri stallieri, invidiosi, dicevano che Tredicino si era vantato di poter rubare la coperta con i campanelli d'oro al mago. Questa notizia arrivò alle orecchie del re che lo chiamò: - Ti sei vantato di essere capace di rubare la coperta dai campanelli d'oro al mago, allora va', se riuscirai nell'impresa, avrai in sposa mia figlia e diventerai re.
Ma Tredicino, che in realtà non si era vantato, non si decideva a partire.
Il re aggiunse: - Ti darò il cavallo più veloce e una spada ben affilata, va', e torna con la coperta.
Tredicino partì, in fondo la ricompensa non era poi così male... Ad un certo punto si trovò in mezzo al bosco.

Si fece buio, vide un lumicino lontano lontano: era la casa della fatina.
Bussò e la fatina gli chiese dove andasse a quell'ora della notte. Tredicino le raccontò tutta la storia e la fatina decise di aiutarlo.
- Senti, sarà una cosa difficile rubare la coperta al mago, perché lui è tanto furbo.
Gli dette una balla di cotone.
- Con questo cotone tapperai i campanellini, sennò suonano, il mago ti sente e ti mangia, poi ti darò questa bottiglia piena d'acqua, un pezzo di sapone e un sacchettino di chiodi, vedrai ti saranno utili!
Tredicino salutò la fatina e si avviò verso la casa del mago, lui non c'era e la moglie gli disse: - Disgraziato, che sei venuto a fare, se il mago ritorna e ti vede qui, ti mangia!
- So' venuto a rubbà la coperta dai campanelli d'oro, se ci riesco, il re mi farà sposare sua figlia.
La maga gli disse: - Ti aiuterò a tirare la coperta stanotte, mentre il mago dorme, ma ora, presto nasconditi, che sta per tornare.
La coperta era di un bel velluto rosso, tutta trapuntata d'oro e pietre preziose e in fondo aveva dei campanellini d'oro massiccio con batacchi di diamanti.
Tredicino corse ad attappare tutti i campanelli con il cotone che gli aveva dato la fatina e si 'mbucò sotto il letto. Il mago arrivò a casa e siccome aveva tanto sonno, andò subito a letto e si addormentò. Tredicino cominciò a tirare la coperta, ma era pesante.
- Che tiri?! - diceva il mago alla moglie.
- Niente, niente dormi!
Tredicino, aiutato dalla maga, tirava, tirava e alla fine

fece scorrere la coperta fuori dal letto, se la caricò sulle spalle e montò sul suo veloce cavallo.

Ma il mago si svegliò e, non trovando più la sua preziosissima coperta, montò sul suo mulo e partì all'inseguimento di Tredicino.

Il mulo correva, più del cavallo del re e aveva quasi raggiunto Tredicino, ma lui buttò la bottiglia e uscì tanta acqua, un fiume, un lago, un mare. Il mago indietreggiò, ma il suo mulo era fatato e riuscì a passare.

Tredicino allora buttò il pezzo di sapone e si formò una grande montagna di schiuma, il mulo cominciò a scivolare, ma alla fine passò anche quell'ostacolo.

Continuarono a correre, ma mentre il mago stava per arrivarlo, Tredicino buttò tutti i chiodi del sacchettino, si formò una montagna, il mulo, colto alla sprovvista, inciampò e si scapicollò.

Tredicino continuò a galoppare, arrivò al palazzo del re e gli portò la coperta con i campanellini d'oro.

Il re mantenne la sua promessa ed iniziarono subito i preparativi per la grande festa di nozze. E la coperta?

Fu messa sul letto degli sposi.

Din... din... din... e i campanellini suonano ancora...

TREDICINO

Un tempo le famiglie erano numerose, forse perché non si pensava alle tante bocche da sfamare, ma piuttosto alle braccia che potevano essere fonte di ricchezza per la loro operosità.
Esisteva la tradizione di chiamare i figli con i nomi relativi ai numeri, a seconda del loro ingresso in famiglia: Primo, Secondo... Quinto, Quinta, Sesto, Sesta... Ultima.
Ed ecco che infatti il personaggio principale di questa novellina ha proprio il nome di un numero: Tredicino, e non era neppure improbabile che in famiglia ci fossero ben tredici figli.
Oggi che la natalità è così fortemente diminuita e che la media è di un figlio per famiglia, sembra impossibile vedere tavoli con tanti bambini pronti a tuffare il cucchiaio in una minestra allungata.

NONNO DINO

Era sempre felice, mai un'ombra triste segnava il suo viso che si illuminava quando gli ero vicina.
Ricordo le storie che il nonno mi raccontava da piccola, seduta sulle sue ginocchia. A lui piaceva proprio narrarle, ne sapeva tantissime.
Nonno Dino era un simpatico vecchietto, così lo ricordo, alto, magro, con dei buffi baffetti neri.
Mi piaceva rivivere quei momenti attraverso la voce degli zii, ormai ultraottantenni e di mia madre.
La sera accanto al grande camino della sala da pranzo, li costringo a ricordare le vecchie novelle di quando erano piccoli e a rivivere le emozioni di un tempo ormai passato.

"Il noce, chi lo pianta 'un lu magna".

"Una noce in sacco non fa fracasso".

LA NOVELLA DEL NOCE

A tre figli poveri, per eredità, il babbo lasciò un noce, un grande albero che si trovava davanti alla loro catapecchia.
Al primo lasciò i frutti, al secondo i rami, al più piccolo il tronco del noce.
La moglie dell'uomo a cui aveva lasciato i rami disse al marito: - Va' a tagliare quei rami, mi servono per accendere il fuoco. Devo cucinare e poi questa casa è freddissima, abbiamo proprio bisogno di scaldarci.
Il fratello dell'uomo, quello a cui aveva lasciato i frutti, sentendo le parole della cognata cominciò a gridare: - Ma bravi, se voi tagliate quei rami come farò io a prendere le noci?
Cominciarono a litigare per giorni e giorni, il fratello più piccolo che fino allora era stato a guardare, decise di rivolgersi ad un avvocato.
L'avvocato disse loro: - Andate nel bosco, catturate un animale, uccidetelo e portatemelo qui.
I fratelli presero i fucili ed entrarono in un fitto bosco, dopo una giornata intera di ricerche trovarono un grosso lupo, lo uccisero e lo portarono all'avvocato.
Al fratello più grande chiese: - Dimmi qualcosa su questo grosso lupo.
L'uomo rispose: - Credo che abbia camminato più di notte che di giorno.
Al secondo rivolse la stessa domanda: - Credo che abbia mangiato più carne cruda che cotta.

Fu la volta del fratello più piccolo che rispose:
- Credo che questo vecchio lupo abbia pensato "la peggio giornata della mia vita l'ho passata oggi".
E il noce toccò a lui perché era il più saggio e aveva dato la risposta giusta.

*"Larga la foglia,
stretta la via,
lasciate la vostra,
che prendo la mia".*

LA VOLPE E IL GALLETTO

"Anche ai furbi qualche volta va male..."

C'era una volta una donna che aveva un bel galletto nel suo pollaio. Un giorno il galletto decise di scappare per girare il mondo e fuggì nel bosco; mentre cantava passò di lì una volpe.
- Oh, galletto che fai?
- Oh volpe, canto, non senti? E poi ho anche fame, ora vo' a vede' se trovo qualcosa da mangiare.
- Io ho tanto sonno, dormi anche te, così io vedo come dormi per benino!
E subito la volpe fece finta di dormire. Il galletto invece continuava a cantare e disse alla volpe:
- Canta anche te, volpe!
La volpe cantò e il galletto si addormentò.
La volpe lesta lesta lo chiappò e se lo mise in bocca.
Questo povero galletto faceva di tutto per liberarsi, figurarsi essere in bocca alla volpe!
Alla fine ebbe un'idea: - Canta volpe, cantavi così bene! Senti come canto bene io!
- Ma io non posso cantare, mi manca la voce, ho dormito scoperta!
Vicino c'erano dei castagni.
- Che alberi sono? - chiese il galletto - so' vissuto sempre nel pollaio e non li conosco.
La volpe che aveva il pollo in bocca e non poteva

parlare disse: - Ca...lca...gni.
- Come? Tu l'hai detto male, prima parlavi meglio - la rimproverò il galletto.
La volpe allora disse: - Castagni... - ma nel dirlo, aprì tutta la bocca e il galletto volò via.
- Acciderba, vedi che succede a parla' quando non c'è bisògno!
- Anche te mi volevi fa' dormi' che non avevo sònno!

"Benché la volpe corra, i polli hanno l'ale".

MOZZICHI, GRAFFICHI E BEZZICATE

C'era una volta un omo che aveva un asino. Questo asino 'un aveva voglia di fa' niente.
Un giorno fece quest'omo: - Va' un po' 'n do' voi, mi sei venuto a noia e poi 'un ho più da darti da mangia'. Va' alla macchia: - C'è tanta robba!
Gli dette un par di bastonate e lo mandò via.
Quando fu per la strada, l'asino trovò un montone.
- Oh montone!
- 'n do' vai?
- Io ho tanta fame, vo' alla macchia, a vede' se trovo qualcosina da mettere sotto i denti.
- Verrò anch'io.
- Sì, andiamo.
Quando ebbero caminato un altro po', trovarono un'anatra. Disse l'asino: - Anatra, 'n do' vai?
- Eh, ho tanta fame, vo' a vede' se trovo qualcosa da mangia'.
- Venghi con noi? Si va alla macchia, c'è tanta robba, mangerai anche te!
E via tutti e tre. Quando ebbero camminato un pochino, trovarono du' cani.
- Oh cani, 'n do' andate? - disse l'asino.
- Si abbiamo tanta fame, si va a vede' se si trova qualcosa da mangia' - dissero i cani.
E l'asino: -Venite con noi alla macchia, mangerete anche voi.

Così andarono via tutti insieme. Quando ebbero caminato un altro pochino, trovarono un billo e un galletto: - Oh, 'n do' andate?
- Si ha tanta fame, si va a vede' se si trova da mangia'.
- Venite via con noi, si va alla macchia.
Alla fine trovarono un gatto: - Oh gatto, 'n do' vai?
- Io ho tanta fame, vo' a vede' se trovo qualcosa da mangia'.
- Anche te? Allora vieni via con noi, si va alla macchia, là mangerai anche te.
E così queste bestie andarono via tutte insieme. Quando furono pe' la strada, trovarono un fiume che c'era la piena. Disse l'asino: - Io ho le gambe lunghe, passo bene.
Il montone disse: - Anch'io passo bene.
L'anatra: - Anch'io, noto.
Il galletto: - Io volo.
I cani: - Noi passamo, si nota anche noi.
Il billo: - Io volo.
E al gatto gli dissero: - E te gatto, fa cosa voi.
Il poro gatto zitto zitto montò sopra la groppa del montone. Sicché passarono tutti dall'altra parte. Quando ebbero fatto un pochino di strada, dissero:
- Ma quel poro gatto è rimasto laggiù solo!
Il billo si voltò e vide il gatto: - Toh! Eccolo lì!
- Come hai fatto a passa'?
- Da me so' passato.
Arrivarono alla macchia, c'era una bella casa: era dell'assassini. Nella casa dell'assassini c'era una buchetta. L'uscio era chiuso. Disse l'asino: - Ora come si fa a passa'?

Il gatto: - Vedete come si fa a passa', io passo.
- Oh gatto, aprici - fecero. Il gatto andò su e prese un pezzetto di ciccio e andò alla finestra a mangiallo. Quell'altri che erano laggiù sotto ad aspetta', facevano cert'occhi!
- Oh gattino, aprici, che si ha tanta fame!
Al gatto gli fecero compassione, andò giù e aprì l'uscio. Tutte le bestie entrarono; mangia mangia, si fece buio.
Disse l'asino: - Io vo' nella stalla a dormì. Se vengono l'assassini gli do un par di calci.
I cani dissero: - Noi andremo giù ai piedi dell'uscio, così se vengono, gli si dà du' mozzichi noi.
Il montone: - Io andrò su in capo alle scale, quando vengono gli darò du' cornate.
L'anatra: - Io andrò giù in cantina dentro una botte di vino; quando vengono a piglia' 'l vino, gli darò tante beccate.
Il galletto e il billo: - Noi s'andrà sopra le legna, così quando vengono a piglialle, gli si darà tante bezzicate.
Il gatto disse: - Io starò nel cantone del foco, quando vengono ad accende 'l foco, graffichi e mozzichi!
Ecco la notte, tornarono gli assassini.
L'assassini aprirono l'uscio e entrarono dentro.
C'erano i du' cani: mozzichi mozzichi!
- Ah! Che c'è? C'è 'l diavolo.
Corsero su pe' anda' in casa. Quando furono su pe' la scala, c'era 'l montone: cornate, cornate!
Vanno in cucina pe' accende 'l lume. Fa uno: - Oh guarda! C'è anco' 'l foco, guarda che carboni accesi. Lesto accendi 'l lume!
Questo va, pigliò un fiammifero e lo mise all'occhi del

gatto, ma 'l gatto gli saltò addosso: graffichi, mozzichi.
- Oh, poveri noi! - dissero l'assassini. Andarono alle legna, c'era 'l billo e 'l pollo: bezzicate, zampate!
- Andamo 'n cantina a piglia' un po' di vino.
Giù 'n cantina, c'era la papera: beccate, beccate! Andarono nella stalla a rimette 'l cavallo e ci trovarono l'asino: calci, calci!
- Oh poveri noi! - Disperati l'assassini fuggirono e tutte le bestie rimasero padrone della casa.
Lì se ne stettero, se la godettero, niente mi dettero.
Se 'un so' morti ci saranno anco'.

IL CROSTINO DI CAVOLO

Il crostino di cavolo oggi si fa riveduto e corretto, ma la ricetta originale era molto semplice, consisteva in fette di pane abbrustolito strusciate con aglio e messe ad inzuppare nell'acqua in cui aveva bollito il cavolo, venivano poi condite con olio di oliva, aceto, sale e pepe, dopo avervi messo sopra il cavolo a pezzetti.

PETUZZO

C'era una volta un marito e una moglie che avevano un figlio. Un giorno il babbo si ammalò e mandarono a chiamare il dottore, il quale gli ordinò la minestra di cavolo. La mamma disse:
- Petuzzo, Petuzzo, va' nell'orto a cogliere il cavoluzzo per il babbo che sta male.
- No, non ci voglio andare! - risponde Petuzzo.
- E io dirò alla mazza che ti picchi. Mazza, picchia Petuzzo che non vuole andare nell'orto a cogliere il cavoluzzo per il babbo che sta male.
- No, non lo voglio picchiare - rispose la mazza.
- E io dirò al fuoco che ti bruci. Fuoco brucia la mazza che non vuole picchiare Petuzzo che non vuole andare nell'orto a cogliere il cavoluzzo per il babbo che sta male.
- No, non la voglio bruciare - sfrigolò il fuoco.
- E io dirò all'acqua che ti spenga. Acqua spegni il fuoco, che non vuole bruciare la mazza, che non vuole picchiare Petuzzo che non vuole andare nell'orto a cogliere il cavoluzzo per il babbo che sta male.
- No, non lo voglio spengere - gorgogliò l'acqua.
- E io dirò al bove che ti beva. Bove bevi l'acqua, che non vuole spegnere il fuoco, che non vuole bruciare la mazza, che non vuole picchiare Petuzzo che non vuole andare nell'orto a cogliere il cavoluzzo per il babbo che sta male.
- No, non la voglio bere - muggì il bove.

- E io dirò alla fune che ti leghi. Fune lega il bove, che non vuole bere l'acqua, che non vuole spegnere il fuoco, che non vuole bruciare la mazza, che non vuole picchiare Petuzzo che non vuole andare nell'orto a cogliere il cavoluzzo per il babbo che sta male.
- No, non lo voglio legare - brontolò la fune.
- E io dirò al topo che ti roda. Topo, rodi la fune, che non vuole legare il bove, che non vuole bere l'acqua, che non vuole spegnere il fuoco, che non vuole bruciare la mazza, che non vuole picchiare Petuzzo che non vuole andare nell'orto a cogliere il cavoluzzo per il babbo che sta male.
- No, non la voglio rodere - squittì il topo.
- E io dirò al gatto che ti mangi. Gatto mangia il topo, che non vuole rodere la fune, che non vuole legare il bove, che non vuole bere l'acqua, che non vuole spengere il fuoco, che non vuole bruciare la mazza, che non vuole picchiare Petuzzo che non vuole andare nell'orto a cogliere il cavoluzzo per il babbo che sta male.

Miagolò il gatto: - Io mangio, io mangio!
Squittì il topo: - Rodo, rodo!
Brontolò la fune: - Lego, lego!
Muggì il bove: - Bevo, bevo!
Gorgogliò l'acqua: - Spengo, spengo!
Sfrigolò il fuoco: - Brucio, brucio!
Gridò la mazza: - Picchio, picchio!
E... Petuzzo: - Vado, vado a cogliere il cavoluzzo!

LA CAPRA MARIGOLLA

Vicino ad un paesino, c'era una volta una casa, qui ci stava un uomo col suo bambino che si chiamava Giovannino. Un giorno quest'uomo andò alla fiera e comprò una bella capra.
La mattina dopo il babbo si alzò presto e disse a Giovannino: - Mi raccomando porta la capra a pascolare, quando è ben pasciuta e ben abbeverata la riporti a casa, ma se non la fai satollare, la sera, quando torni, ne buschi. Bada: la capra parla e se non è satolla me lo dice.
Lui s'alzò tutto per benino, prese la sua caprina e la portò a mangiare. Quando ebbe mangiato, la portò a bere e le chiese: - Capra Marigolla, sei ben abbeverata e ben satolla? La capra rispose: - Sì, Giovannino, sono bene abbeverata e ben satolla, benedico il padrone che mi ha guardato! Montami in groppa che ti porto a casa. Giovannino le montò in groppa e la capretta lo portò a casa. Al babbo disse che la capra era ben abbeverata e ben satolla.
La sera il babbo andò nella stalla: - Capra Marigolla, sei bene abbeverata e ben satolla? La capraccia maligna: - Nooo, son mal abbeverata e mal satolla, maledico il padrone che mi ha guardato! Il tuo Giovannino mi è montato in groppa per tutto il giorno!
Allora il babbo arrabbiato, andò là da Giovannino e gli disse: - T'avevo detto di pascola' bene la capra,

invece... tutto il giorno in groppa le sei rimasto e la capra non ha mangiato.
- Non è vero, babbo.
Ma lui si levò il cintulino e... giù cintulinate a Giovannino! La mattina dopo gli disse: - Mi raccomando, Giovannino, porta la capra Marigolla a pascolare e quando è abbeverata e ben satolla, la riporti a casa.
- Sì, sì babbo.
La portò a pascolare, la portò a bere e quando fu l'ora giusta le disse: - Capra Marigolla sei bene abbeverata e ben satolla?
- Sì Giovannino, sono ben abbeverata e ben satolla, benedico il padrone che mi ha guardato, montami in groppa che ti riporto a casa!
Giovannino gli montò in groppa e contento andò a casa, rimise la capra nella stalla, e poi andò su dal babbo: - Babbo mio, io ho riportato la capra.
- L'hai satollata bene?
- Sì, sì.
- Ora vado giù a sentire dalla capra.
Questa capraccia, quando vide il padrone, gli fece:
- Sono male abbeverata e mal satolla, maledico il padrone che mi ha guardato, il tuo Giovannino, tutto il giorno in groppa mi è montato!
Allora si levò il cintulino e... giù cintulinate!
Il giorno dopo però, il babbo, insospettito, disse: - Voglio anda' a vede', se è vero che Giovannino le monta in groppa tutto il giorno!
E così, andò a vedere Giovannino che pascolava la capretta.
- Capra Marigolla, sei bene abbeverata e ben satolla?
E la capra birbona rispondeva: - Sono bene abbeverata

e ben satolla, benedico il padrone che mi ha guardato! Montami in groppa che ti porto a casa!
- Nooo, no non ti monto in groppa, dopo il mi' babbo mi dà le cintulinate.
Prese la caprina per il suo guinzaglietto e se la portò a casa. Quando fu a casa, Giovannino andò a fare i suoi compitini e il babbo entrò nella stalla: - Capra Marigolla, sei bene abbeverata e ben satolla?
- Non sono né abbeverata né satolla, maledico il padrone che mi ha guardato! Tutto il giorno in groppa mi ha montato!
Allora il babbo disse: - Mascalzona, m'hai fatto dare tante cintulinate al mi' Giovannino, ma stasera le becchi te!
Si levò il cintulino e... giù, colpi!
- Per punirti, domani starai senza mangiare tutto il giorno!

*"Lì se ne stettero e se ne godettero
e niente mi dettero.
Stretta la strada e stretto il cintulino,
mi dispiace, capra Marigolla,
ma questo è il tuo destino".*

NOSTALGIA DI NONNO DINO

Si metteva a sedere su una vecchia sedia, quella con sopra il cuscino di lana di pecora, ricoperto da una graziosa stoffa a fiorellini, ormai consumata dal tempo. Il nonno aveva segato le gambe per farla più bassa, comoda e per allungare i piedi, quasi sul fuoco, per scaldarli. Ricordo che nonna Massimina gli raccomandava di tenerceli il più possibile, sopportando il calore per curare la tosse. Un po'come Pinocchio, senza addormentarsi però...
Da piccola avevo paura del buio e dei ladri e il nonno cominciava...

"Due donne abitavano da sole in campagna. Una notte i ladri si avvicinarono al loro podere e pe' caccialli via comincionno a batte le mani e a urla' a alta voce:

"A letto, a letto
figli di Marco vecchio
sette a letto, sette sotto il letto
sette siamo e sette andiamo.
Poi c'è quelli che lavano i secchi, quelli sì che so' parecchi!"

I ladri a sentì 'sto baccano pensonno: "Maria Santa", qui c'è un reggimento di sordati, se vengono fori c'ammazzano. E scapponno via di corsa...

Le ombre minacciose sparivano come per incanto e lasciavano il posto alle allegre risate che mi suscitava la **"Novella dello stento"**.

"Questa è la novella dello stento che dura molto tempo, te l'ha a di' o 'un te l'ha a di'?
SI'! Non si dice SI', ma si dice NO.
Questa è la novella dello stento che dura molto tempo, te l'ha a di' o 'un te l'ha a di'?
NO! Non si dice NO, ma si dice SI'...".

CECCHINO E LA FAVA

C'era una volta una povera donna che aveva un bambino di nome Cecchino. Quando era l'ora di pranzo o di cena non sapeva mai che dargli da mangiare.
Un giorno prima di andare a scuola Cecchino chiese alla sua mamma: - Mamma, voglio qualcosa per merenda!
- Che vuoi che ti dia? - gli rispose la mamma - ho solo un pezzo di pane.
- Ma frugatevi in tasca, guardate se ci trovate dentro qualche altra cosa...
- Fruga e vedrai...
Il regazzetto mise una mano in tasca e la ritirò con una fava secca.
- È dura e non la posso nemmeno rosicare, che ci posso fare? La prendo lo stesso e la seminerò.
E contento andò a scuola. Davanti al portone della scuola c'era un mucchietto di terra e lì piantò la sua fava secca. Tutte le mattine ci faceva la pipì per annaffiarla e in poco tempo la piantina divenne così alta che arrivò in cielo. Una mattina Cecchino ci salì su e arrivato alle porte del cielo, bussò.
Apparve San Pietro.
- Sono Cecchino e vorrei qualcosa per colazione.
- Ti darò questo tavolino, quando avrai fame, dovrai dire "tavolino apparecchia" e allora avrai tutto quello che chiedi.
- Cecchino prese il tavolo, ringraziò e scese giù.

Ma non sapeva dove lasciare il tavolino e così lo affidò ad un oste che stava lì vicino, raccomandandogli di non dire "tavolino apparecchia". Ma l'oste, appena Cecchino si allontanò, disse subito le parole proibite e sul tavolo apparvero maccheroni, salciccia, polli e piccioni arrosto, vino buono. Quando Cecchino ripassò a riprendersi il suo tavolo l'oste non glielo volle dare. Cecchino tornò a casa tutto piangente e raccontò tutto alla mamma. Quella sera andò a letto con una fame nera.
La mattina dopo salì sulla pianta e tornò a bussare a San Pietro.
- Chi è?
- Cecchino che vuole qualcosa per colazione.
- Ma non ti avevo dato il tavolino magico? - Cecchino gli raccontò tutto.
- Oh via, eccoti un ciuchino, quando avrai bisogno di quattrini gli dirai "ciuchino butta" e lui ti farà i soldi che vorrai.
Cecchino tutto contento ridiscese col ciuchino. Ma non sapeva dove lasciarlo, così lo portò dal solito oste e, siccome non era tanto furbo gli raccomandò di non dirgli "ciuchino butta".
L'oste glielo promise: - M'importa assai del tu' ciuco, ho altro da fare io...
Ma quando passò a riprenderlo l'oste lo cacciò via come un cane. Cecchino tornò a casa e la sua mamma gli disse:- Mi sei proprio venuto a noia! Chi te lo fa fare di lasciare a quell'oste la tu' roba, zuccone!
Anche quella notte non dormì dalla gran fame.
"Chi va a letto senza cena tutta la notte si rimena".

La mattina dopo andò daccapo da San Pietro.
- Chi è?
- Sono Cecchino e vorrei qualcosa per colazione.
- Sai che sei un grande rompiscatole, ti ho già dato il tavolino, il ciuchino e non sei contento. Tieni, eccoti questa mazza, si chiama mazza bacucca.
Quando sarai cattivo dirai: *"mazza bacucca, batti batti sulla zucca"*.
Cecchino non fu molto contento di questo regalo, non capiva a che gli sarebbe servita, ma non voleva essere scortese, così ringraziò e se ne andò.
Quando fu giù, portò la mazza dal solito oste, facendosi promettere che gliel'avrebbe restituita e gli raccomandò di non dire *"mazza bacucca, batti batti sulla zucca"*. Stavolta quando Cecchino tornò a prendersi la mazza, trovò l'oste tutto intontito perché la mazza bacucca gli aveva dato tante di quelle legnate... e siccome era proprio malridotto, ridette a Cecchino tutte le sue cose e gli ordinò di non farsi più vedere. Il povero Cecchino tutto contento corse dalla sua mamma.
- Mamma mamma che c'è da mangiare?
- Niente, come al solito!
- Ora vedrete quanta buona roba vi porterò io, posò tutto per terra e cominciò a gridare "tavolino apparecchia".
In un attimo sul tavolino apparve ogni ben di Dio. Dopo mangiato Cecchino disse: - Mamma, quattrini ne avete?
- No, caro Cecchino.
- Venite con me in camera e vedrete.

Prese il ciuchino e lo portò in camera e gli ordinò: - Ciuchino butta butta. Il ciuchino fece una montagna di monete d'oro. La mamma era davvero contenta, perché vedeva allontanarsi per sempre la miseria e la fame. Poi prese la mazza, la consegnò alla madre e disse: - Questa riponetela nell'armadio, quando sarò cattivo, gli direte: *"mazza bacucca batti batti sulla zucca"*.
Cecchino non ebbe mai bisogno di questa mazza, fu un bravo bambino e poi diventò un bravo giovane e furono felici e contenti.

SPACCAFERRO, SPACCABRONZO, SPACCAMONTAGNE,
il più forte di tutti!

C'era una volta un vecchio contadino, che aveva due figli: un maschio e una femmina. Stava per morire, li chiamò e disse loro:- Questa po' di robbiccia vorrei che ve la divideste amorosamente tra voialtri due fratelli.
Questa roba consisteva in un piccolo pezzetto di terra, in tre pecore e in una casupola.
I figli promisero di fare quanto aveva detto il padre e il por'omo morì in pace.
Per un po' di tempo, questi due fratelli andarono d'accordo, e finite le faccende che occorrevano nel piccolo podere, il giovanotto prendeva le pecore e andava a pascolarle in un bel prato.
Quando, un giorno, passò di lì un signore che aveva con sé un bellissimo cane; il contadino lo salutò cortesemente e gli disse: - Che bel cane che ha lei, signore. L'altro gli rispose: - Ti piace? Lo vuoi comprare?
- Chi sa quanto costa!
- Oh no: se tu mi dai una pecora, io ti do il cane.
Il contadino fu contento di poter fare questo scambio; domandò al signore come si chiamava il cane e quello gli rispose: - Spaccaferro - e se ne andò.
Il contadino, tornando a casa la sera, fece vedere alla

sorella la bellezza di questo cane; ma lei non fu per niente soddisfatta; anzi andò in bestia dicendogli:
- È un mangiapane inutile.
La mattina di poi, il giovane prese le sue due pecore e il cane e li condusse a pascolare. A mezzogiorno passò un signore con un altro cane, ma molto più bello di quello di prima e disse al contadino:
- Oh, che bel cane che hai!
- Ma anche voi, signore, ne avete uno più bello del mio!
- Se tu lo vuoi, dammi una pecora, e io te lo do.
Il contadino stette un poco a pensare; lo spaventavano i rimproveri che gli avrebbe fatto la sorella; ma finì per cedere e diede la pecora al signore, e prese il cane. Prendendo il cane, fece la stessa domanda a quel signore, come si chiamava: - Spaccabronzo - disse quello e sparì. Tornato a casa, la sorella andò su tutte le furie, dicendogli che quella non era la maniera e che nell'inverno non c'era da tosare altro che cani per farsi le calze e le camiciole.
Lui, conoscendo che il rimprovero era giusto, stette zitto. La mattina dopo di buon'ora andò a pascolare l'unica pecora che gli era rimasta, conducendo con sé i cani, che già gli si erano affezionati moltissimo. Alla solita ora passò un altro signore con un bellissimo cane. Il contadino non si stancava d'ammirarlo dicendo:- Com'è bello! - il signore gli rispose: - Se mi dai questa pecora, io ti do il cane - così fu fatto. Domandò il nome anche di questo e gli fu risposto che si chiamava Spaccamontagne, il più forte di tutti.
Tornato a casa la sera con tre cani, trovò la sorella

così irritata che pareva una furia, ma lui con tutta calma le disse: - Non confonderti; di quello che ci ha lasciato nostro padre, sono contento di prendere per mia parte un sacco di pane e me ne andrò.
La sorella, che era molto cattiva, non andò neppure a letto per fargli il pane nella nottata, cosicché la mattina lo trovasse pronto e se ne andasse più presto. Il povero giovane prese il sacco del pane ed i suoi tre cani, senza sapere dove andare ma, sperando nella Provvidenza, gridò con gioia: - Spaccaferro, Spaccabronzo, Spaccamontagne, andiamo!
Le tre bestie, appena sentito quest'ordine, s'avviarono avanti tutti allegri e il contadino con il sacco di pane sulle spalle, dietro. Cammina, cammina, il tempo era nuvoloso, minacciava di venire molta acqua, quando ad un tratto i cani s'imbucarono dentro ad un bosco. L'acqua veniva a dirotto ed erano fradici. Dopo fatto un paio di chilometri, trovarono una bella villetta, ed i cani senza complimenti infilarono su per le scale; il contadino li seguì pensando che il padrone della casa non sarebbe stato tanto scortese da farlo star fuori con quel tempo. Ma girando di qua e di là per quella casa non trovò nessuno, c'era un bellissimo caminetto, con un fuoco scintillante e una tavola apparecchiata di ogni ben di Dio. Si fermò di botto, ma la fame non sente ragioni, così pensò bene di mangiare. A quella bella fiamma si asciugò i suoi panni e con molto amore asciugò ancora i suoi tre cani. Venne la notte, non comparve nessun padrone di casa. Tutto ad un tratto, vide illuminarsi la stanza da molti lumi e di nuovo ímbandita una bella cena.

Con tutto il piacere ne approfittò e nutrì anche i suoi carissimi cani.

Dopo un pezzo gli venne sonno, i cani lo presero per il giubbone e dolcemente lo spinsero in una camera da letto. Il contadino si spogliò e andò a letto.

I cani si sdraiarono in terra, uno di qua e uno di là dal letto, uno da piedi. Fino a giorno inoltrato non si svegliarono, ma appena furono tutti svegli, i cani andarono a fare festa al padrone. Entrato nella sala dove avevano mangiato il giorno prima, trovarono una bella colazione. Dopo mangiato, il contadino si voltò e vide in un angolo della stanza un bellissimo fucile da caccia. Lo prese in mano, con il pensiero di andare a cacciare. I cani, che capirono il pensiero del padrone, facevano salti di gioia e lui disse: - Spaccaferro, Spaccabronzo, Spaccamontagne, andiamo! - e questi si precipitarono per le scale.

Entrati nel bosco, girarono un pezzo, il contadino si divertì proprio tanto; quando fu circa mezzogiorno, i cani ritornarono indietro e rientrarono nella stessa villetta, dove trovarono un buonissimo pranzo già pronto. Mangiarono con molto appetito e dopo il pasto uscirono di nuovo. Quando si fece tardi, i cani ritornarono a casa, dormirono e il giorno dopo fecero la stessa storia.

Questa vita beata durò per un pezzo, ma il giovane contadino, che aveva buon cuore, pensò tra sé: "Io vivo come un signore e la mia povera sorella vive tra le fatiche e gli stenti; non sarebbe bene che io l'andassi a prendere e la portassi qui?"

Mentre pensava questo, vide sopra un tavolino un

sacco pieno zeppo d'oro. Si riempì le tasche del suo giubbone e disse ai suoi cani: - Venite con me! - I cani gli andarono dietro. Arrivato a casa della sorella, gli raccontò la fortuna che il cielo gli aveva mandato; le chiese che se voleva goderne anche lei, fosse andata con lui. La ragazza accettò, chiuse la casa e andò via col fratello dando delle occhiatacce ai poveri cani.
Arrivati alla villetta, la trovarono ancora deserta, ma ben provvista di tutto, con la sola differenza che i viveri che prima erano cucinati, ora che c'era la sorella erano crudi e la sorella bisognava li cuocesse. I cani e il padrone continuarono la stessa vita, di starsene fuori tutto il giorno, tornando solo all'ora dei pasti. Ma un giorno, mentre la sorella cucinava, sentì per le scale una persona che saliva e batteva forte il suo bastone. S'affacciò alle scale, domandando: - Chi è? Che volete? - E una voce assai dura gli rispose:
- Impertinente! Non sai che questa è casa mia? - Lei rispose: - Io non ho colpa mi ci ha portato mio fratello non la prendete con me!
- Ebbene - rispose un vecchio- se la colpa è di tuo fratello, si farà morire.
- Fate quel che volete, ma io non ho colpa!
Il vecchio si frugò in tasca levò fuori un involtino di carta, dicendole:
- Questa polverina la metterai in tutto ciò che deve mangiare tuo fratello.
La cattiva sorella accettò. Il vecchio se ne andò via dicendo di tornare il giorno dopo a sentire il risultato.
La donna mangiò quanto volle, poi mise il veleno in quello che doveva mangiare il fratello.

Ecco che all'ora solita ritornarono i cani con il padrone ma questi salirono le scale così in fretta e buttando in terra tutto, andarono in cucina e rovesciarono tutti i piatti con il cibo.
La donna andò su tutte le furie, ma il buon contadino disse: - Non ti confondere, chissà cosa gli sarà preso: mangeremo pane e prosciutto.
La mattina dopo, quando la donna era sola in casa, ricomparve il vecchio dicendo: - Non ti è riuscito a farlo mangiare, eh?
- Sono stati quei maledetti cani che mi hanno buttato all'aria tutto!
- Ebbene, eccoti un altro involtino, riprova un'altra volta, e addio. Domani ritornerò.
La cara sorellina fece lo stesso lavoro, ma gli amorosi cani mandarono a vuoto anche questa volta il tradimento. Il giorno dopo tornò il vecchio e disse:
- Sinché ci saranno quei maledetti cani, non potremo far nulla ma prova un po' una cosa: quando è vicino a tornare tuo fratello, buttati sopra il letto, gli dirai che ti senti tanto male e che ti farebbe un gran piacere se andasse in giardino a coglierti un limone. Lui condurrà con sé i cani, ma tu fingi d'inquietarti molto e costringilo a lasciarli. Appena che ha voltato le spalle, prendi i cani e rinchiudili in una stanza dove c'è una inferriata perché non possano uscire; il resto lascia fare a me.
Così quando tornò a casa il fratello, lei disse di sentirsi tanto male e che avrebbe preso volentieri una limonata con un limone fresco. Lui tutto amoroso disse: - Sì poverina, andrò a coglierlo. Spaccaferro,

Spaccabronzo, Spaccamontagne, andiamo!
- Lasciali qui a farmi compagnia.
Lui andò in giardino e la sorella rinchiuse i cani dentro una stanza dove c'era una finestra con l'inferriata.
Il povero giovanotto, sceso in giardino, cominciò a cercare uno dei limoni più belli, quando ad un tratto si sentì piombare sulla testa una bastonata così forte che rimase stordito. Cominciò a chiamare i suoi cani in aiuto con quanto fiato aveva, le povere bestie sentivano gli urli disperati del padrone e tanto fecero e tanto si affaticarono che ruppero l'inferriata e saltarono in giardino, si avventarono sul vecchio e l'uccisero.
Ma erano tutti sanguinosi per le ferite che si erano fatti nel rompere l'inferriata. Il contadino accarezzò e medicò i cari cani, e conobbe il tradimento della sorella e così le disse: - Dalla casa di nostro padre partii prendendo un sacco di pane, i miei tre cani e ti lasciai padrona. Ora qui farò lo stesso: invece di un sacco di pane, piglierò un sacco di quattrini e i miei tre cani e ti lascio.
Dopo aver fatto molti chilometri, entrò in una bellissima città dove erano tutte le persone piangenti. Il padrone dei cani non si sapeva raccapezzare il perché, ma entrando in un'osteria domandò cosa fosse accaduto in quella città. L'oste gli rispose: - Si vede che voi siete forestiero, perché altrimenti sapreste che dalla riva del mare c'è un serpente con sette teste, che tutti gli anni vuole mangiare una fanciulla, e che questa viene tirata a sorte. Quest'anno è toccato alla figlia del re. Dunque immaginatevi qual

è la disperazione di tutti noi. Il re ha dato un ordine:
- Chi ammazza il drago, diverrà sposo di sua figlia.
Il contadino lo ringraziò e andò con i suoi cani alla riva del mare.
I cani si avventarono addosso al serpente e riuscirono ad ucciderlo. Il contadino si accostò al serpente, gli tagliò tutte le sette lingue, le mise in un pezzo di foglio e se le mise in tasca. Andava avanti un uomo brutto e deforme.
Fu il primo ad arrivare nel posto dove era già morto il serpente, lo vide fermo, si accostò e vedendo che era morto, gli tagliò tutte e sette le teste. Poi tutto baldanzoso tornò indietro, gridando: - Evviva! Evviva! La figlia del re è salva! Io ho ammazzato il serpente! Io sposerò la principessa!
La povera ragazza, conoscendo la sorte che gli toccava, di divenire moglie di quel brutto mostro, avrebbe quasi preferito essere mangiata dal drago.
Tutta la città si mise in festa per il matrimonio.
Intanto il contadino, che aveva assistito alla scena, pensò di andare al palazzo reale. Quando il pranzo fu servito invitò i suoi cani ad andare a buttare tutto all'aria; i cani andarono e ruppero tutto.
Per tre giorni interi continuarono a buttare giù tutti i piatti. Il re, saputo questo, domandò di chi fossero questi cani e ordinò di andare a chiamare il loro padrone che voleva vederlo.
Il contadino rispose che se il re voleva vederlo, andasse lui, perché lui non si sarebbe incomodato.
Il re rimase sorpreso di questa risposta, ma andò.
- Chi vi ha insegnato a non obbedire alla chiamata

di un re? Ma il contadino, senza tanti complimenti, gli rispose: - Se foste un re che tiene la sua parola, sarei venuto ma siccome promettete le cose e non le mantenete, non vi stimo per niente!

- E in che cosa ho mancato alla mia parola? - gli rispose il re.

- Avete promesso di dare la vostra figlia a chi avesse ammazzato il drago e poi non l'avete mantenuta.

Il re tutto pieno di stupore gli rispose:

- Mi pare mantengo la parola dandola a quel mostro orribile. Ma poiché è stato lui che l'ha ucciso, bisogna che rispetti la parola.

- Ah! Ah! - rispose il contadino - non l'ha ucciso lui!

- Come no? Gli ha tagliato le sette teste.

- Abbiate la bontà di esaminare bene quelle teste, se nulla gli manca - disse il contadino- e vedrete che gli mancheranno queste sette lingue che tengo con me e capirete bene che le lingue non gliele avrei potute tagliare se fosse stato vivo.

Il re ritornò al suo palazzo e fece esaminare attentamente le sette teste, e infatti mancavano le lingue. L'uomo brutto fu subito condannato a morte e lo sposo fu il padrone dei cani. Immaginatevi la gioia della principessa! Furono fatte feste e si celebrò il matrimonio. Passarono dei mesi e i due sposi erano molto felici, ma una mattina non vedendo giungere i suoi cani, il giovane ne domandò il perché e gli venne risposto che, per quanto li avessero cercati, era stato impossibile ritrovarli. Ne pianse di dolore, ne fece ricerca per ogni dove, ma tutto fu inutile i cani non si trovarono più.

Una mattina gli fu annunziato un ambasciatore.
In alto mare vi erano tre bastimenti che portavano tre gran personaggi che volevano riallacciare l'antica amicizia. Il nuovo re sorrise pensando che questo doveva essere uno sbaglio, perché essendo stato sempre un contadino, non poteva avere amicizia con gente importante, ma seguì l'ambasciatore per andare a vedere questi che si chiamavano suoi amici. Arrivato là trovò due re e un imperatore che lo ricevettero con gran festa, dicendogli:
- Non ci riconoscete?
- Io non vi ho mai visto e certamente voi vi sbagliate!
- Ah, non si credeva mai che voi avreste dimenticati i vostri tre affezionati cani!
- Come! - egli rispose - voi siete Spaccaferro, Spaccabronzo e Spaccamontagne, il più forte di tutti? E come mai vi siete trasformati così?
Essi risposero:
- Un cattivo mago ci aveva fatti diventare tre cani, e fino a che non fosse salito al trono un contadino, non si poteva ritornare quello che si era. Da qui in poi saremo sempre buoni amici in qualunque circostanza ricordatevi che avete due re e un imperatore che saranno sempre disposti a venire in vostro aiuto.
Si trattennero diversi giorni nella città e furono fatte grandi feste. Venuto il giorno della partenza, si divisero augurandosi molta felicità e furono sempre felici.

Nel testo "Fiabe italiane" di Italo Calvino è riportato che tale novella ha 368 versioni in tutta Europa e 14 in Italia. I nomi

dei cani variano da regione a regione.
A Venezia: Forte, Potente, Ingegnoso.
A Mantova: Corri come il vento, Sbranatutti, Rompiporte e catene.
A Livorno: Rosicaferro, Rosica-acciaio, Rosica-bronzo

LA VOLPE FURBA

In una notte di luna piena, una volpe inseguiva una lepre. Ma presto si accorse che la lepre acquistava terreno e si avvicinava al bosco.
Allora non avrebbe più potuto prenderla e, cosa più brutta, si allontanava proprio la sua cena.
Così ebbe un'idea.
Si buttò in terra fingendosi morta.
La lepre, che ogni tanto si guardava indietro, vide la volpe al suolo con le zampe in aria.
Incuriosita, tornò indietro per assicurarsi della morte della volpe.
Ma quella, sul più bello, zac, si alzò in piedi, afferrò la lepre e... immaginate che fine fece la poverina!

IL TESTAMENTO

Un contadino aveva un cane e un gatto a cui era molto affezionato. Prima di morire fece testamento e disse loro: - Dopo la mia morte, fate valere il testamento, io vi ho lasciato di che vivere. È nel cassetto della madia.
Dopo qualche tempo il contadino morì e il cane e il gatto che erano vissuti sempre d'accordo, presero il testamento. Ma lo trovarono tutto rosicato perché un topo ci aveva fatto il nido ai suoi topini.
Il testamento che interessava il cane e il gatto diceva: "Lascio al cane ossi e lische al gatto".
Ma il topo aveva rosicato "al gatto".
Il cane e il gatto cominciarono a litigare e siccome non si trovavano d'accordo andarono in tribunale. Il gatto accusava il cane di aver strappato il testamento per non fargli toccare niente.
Il giudice prese una grossa lente e stabilì che era stato il topo a rodere il testamento e il cane non aveva alcuna colpa. Ma da allora, cane e gatto litigano e il gatto per ripicca di non poter avere le lische, corre dietro ai topi e se li mangia.

LA SPARTIZIONE DELLA VOLPE

Un giorno il cane e il gatto, sentendo l'odore del cacio, proveniente dalla caciaia, decisero di andare a dare un'occhiata.
Il cane ruppe con le zampe la retina che la proteggeva dai topi, ma poi c'era una inferriata e il cane non poteva entrare.
Ma il gatto sì, era agile e sgattaiolò dentro, rubò una forma di cacio e insieme al cane, andarono a dividersela. La spezzarono, ma le parti non erano uguali e così cominciarono a litigare.
La volpe, che passava da lì, sentì l'odore del cacio e si avvicinò. Il cane e il gatto che non sapevano più come mettersi d'accordo, chiesero il parere della volpe che per aggiustare le parti dette un morso al pezzo più grosso che diventò il più piccolo.
Il cane e il gatto continuarono a litigare e la volpe dette un morso da una parte, poi da un'altra e poi da un'altra e poi...
Alla fine la volpe si mangiò tutta la forma. Cane e gatto restarono così a bocca asciutta.

L'ERBA MIRACOLOSA

C'era una volta una principessa molto triste perché era malata e nessun medico era in grado di guarirla. Un giorno si presentò alla reggia un dottore, un omino piccino piccino, che disse al re che lui avrebbe guarito la principessa. Il re non ci credeva perché ci avevano provato in tanti e proprio lui, così piccino che non arrivava nemmeno al letto della principessa, come ci sarebbe riuscito?
Ma l'omino insistette tanto che il re alla fine si convinse.
La principessa era a letto triste e deperita, erano giorni e giorni che non mangiava e non rideva. L'omino ordinò alle cameriere: - Portatemi tutte le sue scarpe: quelle da camera, da passeggio, da ballo, da montagna.
Le cameriere gliele portarono e l'omino le guardò tutte e disse: - Quelle da camera so' consumate, quelle da passeggio solo un po', quelle da ballo, l'ha messe poche volte, ma quelle da montagna so' nuovissime, è questa la su' malattia!
Il re non capiva, ma l'omino continuò: - Caro re, fategli mette' le scarpe da montagna e andremo a prende' un'erba miracolosa!
Il re non voleva, ma alla fine lasciò partire la principessa.
Dopo un po' che camminavano l'omino si sedette su un sasso e cominciò a mangiare un tozzo di pane secco e

disse alla principessa se ne voleva un po'. Lei rispose di no. Allora l'omino si alzò e ricominciò a camminare e la principessa dietro. Cammina cammina arrivarono in cima alla montagna.

La principessa disse che aveva fame e chiese un pezzo di pane. L'omino glielo dette dicendo: - Ora sì che hai trovato l'erba miracolosa, ora possiamo torna' dai tuoi genitori!

Così si incamminarono verso la reggia: la principessa era guarita, aveva le gote rosse e rideva.

Era abituata sempre ad andare in carrozza, per questo era sempre triste e non mangiava!

Dopo aver camminato tanto all'aria aperta aveva invece scoperto che era buono anche un pezzo di pane asciutto.

IL RAGAZZO CHE DIVENTÒ MAGO

Un giorno un ragazzo vide al fiume delle donne bellissime che facevano il bagno. Si avvicinò ad una pianta di fico e colse molte foglie, poi gridò: "Mica vi brucerà il sole? Prendete queste foglie e copritevi!". Le donne, che erano delle fate, furono contente del pensiero e pensarono di dargli una ricompensa per la sua gentilezza. Decisero di dargli il potere che gli fosse riuscito tutto quello che lui voleva.
Il ragazzo andò nel bosco, tagliò la legna , ma non riusciva a portarla a casa da quanta era; montò sopra alla barcaia dicendo: - Oh, se potessi arrivare a casa! Allora la barcaia di legna si mosse e arrivò in città. Tutti quelli che lo vedevano ridevano come matti. Passò sotto la finestra del palazzo del re, la principessa lo vide e cominciò a ridere anche lei.
Il ragazzo le gridò: - Oh, che ridi, guarda piuttosto come so' bello, chissà se tu riuscissi a fanne uno bello come me!
Finalmente arrivò a casa. Dopo un po' di tempo, la figlia del re cominciò a sentirsi male chiamarono il dottore che disse che era incinta.
Il re era molto addolorato perché la principessa non aveva marito e non sapeva come era rimasta incinta. Dopo nove mesi nacque un bel bambino, ma nessuno sapeva chi era il babbo. Il re fece chiamare tutti i signori del regno, ma il bambino non riconosceva nessuno come suo babbo. Poi chiamò alla corte poveri

e ricchi, per ultimo arrivò il ragazzo, tutto sporco e coi vestiti rattoppati.
E fu proprio lui che il bambino indicò come suo babbo.
- Ma com'è possibile! - diceva il re - non può essere! Figuratevi lo scandalo!
Tutti dicevano che il ragazzo meritava la morte, così il re fece prendere una grossa botte e ci fu messo dentro il ragazzo, la figlia, il bambino e poi buttata giù da uno scapicollatoio.
La principessa piangeva a calde lacrime invece il ragazzo rideva perché era contento che nella botte c'erano tre fiaschi di vino e tre pagnotte di pane.
Dopo aver pianto tanto, la figlia del re si rassegnò, e volle sapere perché era stata condannata a quella morte terribile; così il ragazzo gli raccontò la storia delle fate.
- Sai allora cosa devi fare? - gli disse la principessa - Devi ordinare alla botte che si fermi.
La botte che rotolava, si fermò subito.
- Ordina ora di trasportarci in un bel prato.
E si ritrovarono in un bellissimo prato.
Dopo fece ordinare, che apparisse un bel palazzo.
Ed ecco un palazzo bellissimo, come non s'era mai visto. La principessa cominciò a voler bene al ragazzo come a un marito, e presto ebbe da lui un altro figlio.
Intanto il re viveva triste e tormentato dal rimorso.
Un giorno per distrarsi pensò di andare a caccia.
La figlia del re sapeva tutto quello che succedeva al palazzo, perché il marito era un mago così gli chiese di far venire una gran pioggia. Il re con il suo seguito fu costretto a cercare riparo nel palazzo della figlia,

ma non la riconobbe. Chiacchierando, gli domandò se avesse figli e il re disse di averla avuta una figlia e di averla condannata a morte. Allora la figlia si fece riconoscere e gli raccontò tutto.
I nipotini vennero ad abbracciare il nonno e vissero tutti insieme felici e contenti.

FILASTROCCHE E CANTILENE

"Gallo, gallo
piede rosso e piede giallo
gallina coccodessa e sabatessa
in terra ho ruspato,
un soldino ho trovato
a Roma me ne vo...
Voi veni' con me?
Mettiti in coda".

"Giurin qua
Giurin là
vai a casa di mamma tua.
Mamma tua ha fatto la torta
e se l'è mangiata tutta.
Guarda guarda nel cassettino
ce l'ha messo un tovagliolino.
Il cassettino era rotto
di sotto c'era il pozzo
il pozzo era un po' cupo
di sotto c'era il lupo
il lupo era un po' matto
di sotto c'era il gatto
il gatto era in camicia
che moriva dalle risa".

"Cavallino arì arò
Prendi la biada che ti do
prendi i ferri che ti metto
per andare a San Francesco.
A San Francesco c'è una via
che porta proprio a casa mia.
A casa mia c'è un altare
con tre monache a cantare
ce n'è una più vecchietta
Santa Barbara benedetta.
Cavallino arì arò
prendi la biada che ti do
prendi i ferri che ti metto
per andare a San Francesco.
A San Francesco c'è una via
che porta proprio a casa mia.
A casa mia c'è un altare
con tre monache a cantare
una cuce, una taglia,
una fa il cappello di paglia
per andare alla battaglia
la battaglia è cominciata
e Rosina si vuol sposar
non si sa con chi con chi
col dottore sì, sì, sì
il dottore non la vuole
a Rosina gli crepa 'l cuore
cuore cuore non crepa'
che domani ti sposerà".

"Seta moneta
le donne di Pereta
che filano la seta.
La seta e la bambagia
struccia e stammi in casa,
spazzami la casa,
spazzala per bene,
sennò ti taglio un piede,
un piede una gamba,
a casa la Giovanna,
a casa il Giovannino,
zappa la vigna e bevi il vino".

"Dolì che dondolava
e Dormicchio che dormiva.
Se dondolicchio non svegliava
Dormicchio mangicchio mangiava".

"Capra capretta
che bruchi l'erbetta.
Vuoi una manciatina
di sale da cucina?
Il sale è salato,
il bimbo nel prato,
la mamma è alla fonte,
il sole è sul monte,
sul monte è l'erbetta,
capra capretta".

"La Pigrizia andò al mercato
ed un cavolo comprò...
Mezzogiorno era suonato,
quando a casa ritornò.
Cercò la legna, accese il fuoco,
ed a poco a poco anche il sole tramontò.
La Pigrizia senza cena a letto se ne andò".